戸渡阿見
詩集

猫になれば！

たちばな出版

戸渡阿見詩集

猫《ねこ》になれば！　目次

まえがき

詩人は「死人」に聞こえ、俳人は「廃人」に聞こえ、歌人は「佳人」に聞こえます。そう考えると、歌人が一番いいと歌人岡野弘彦氏は言いました。詩人に言わせると、詩人は「思人」であり、俳人は「蝿人」であり、歌人は「蚊人」かも知れません。いずれにしろ、歌人はまじめな人が多く、俳人は洒脱な人が多く、詩人はまじめな人と、変わった人の両方がいます。

本書は詩集ですが、私は俳人であり、歌人であり、小説家でもあります。俳句は、十八歳から作り始め、いまでは現代俳句協会の会員です。短歌は、昭和天皇の短歌の師である岡野弘彦氏に習っていました。しかし、俳句ほど本格的にはならず、もっぱら、禅僧のように道歌を詠むだけです。しかし、また短歌を作りたいとも思っています。

短歌の「調べ」と、俳句の「切れ」は違います。それで、なかなか両立はできないのですが、寺山修司のように、個性的な両立ができたら理想です。

このように、短歌も俳句も好きなのですが、自由詩を作り始めるようになったのは、つい最近のことです。以前から作曲や作詞をやり、短い言葉の詩集は、『神との語らい』というタイトルで、三冊出版したことがあります。しかし、本格的な自由詩は、この詩集が初めてなのです。

私の性質は、どちらかと言えば「死人」「廃人」「佳人」と、「思人」

「子人」「花人」「拝人」「志人」「蚊人」「蠅人」が入り混じり、「志人」「拝人」「花人」や、「子人」「灰人」「火人」を、そこにまぶしたようなもの。だから、本来は、小説や自由詩が合っているのかも知れません。

ところで、現代の詩人では、「まどみちお」や谷川俊太郎はよく知られますが、それ以外の詩人は、あまり知られていません。中原中也や萩原朔太郎、宮沢賢治なども有名ですが、私にとっては、とにかく暗いのです。現代の有名詩人の詩集を見ても、難解で暗いものばかりです。島崎藤村やシェークスピア、武者小路実篤の詩は、まだ明るくてわかりやすい。特に、武者小路実篤の詩には、わかり易くて前向きで、好きな詩がたくさんあります。でも、最近は誰も読まなくなりました。

二十代の頃は、リルケやハイネ、ボードレールなども読みましたが、眠くてよくわかりませんでした。現代の有名な詩人の詩をみても、わからないものが沢山あります。普通の人が読んで解らない詩を、詩人が書く意味はどこにあるのか。いつも、疑問に思う所です。その点、「まどみちお」は最もわかり易く、最も深い気がします。だから、日本人で初めてアンデルセン賞を受賞したのでしょう。

普通の人に何が言いたいのか、良く解らないものは、アニメでも大賞は受賞しません。「千と千尋の神隠し」がアカデミー賞を受賞し、「ハウルの動く城」、「もののけ姫」が受賞しなかったのは、そのためです。普通の知識人なら、誰でもその事は解るはずです。「崖の上のポニョ」も、ちょっと難しいでしょう。

ところで、最近、谷川俊太郎の詩集をしっかり読んで、とても解り易く、明るく、自由奔放なことに驚きました。新川和江もわかり易く、明るく、自由な詩心があり、大好きになりました。詩は、やはり、詩の言葉より詩心に重心があり、難解な言葉や表現に凝る人は、よほど詩心に自信がないのでしょう。「まどみちお」は、ありのままの詩心で、正面から勝負する所が偉大です。

ところで、短歌や俳句で大切なのは、第一は詩心であり、第二に言葉の意味が五十%、あとの五十%は、言葉の調べです。さらに、有り型のパターンにならない意外性があり、その人にしか詠めない個性と、その人らしい輝きがあることが大切です。そこに、芸術性を見出すのです。

これは、詩でも作詞でも、小説や戯曲でも、本質は同じでしょう。谷川俊太郎やまどみちお、新川和江も同じです。いい詩を書

く人は、皆その本質に根ざし、生き生きとした魂の品格がありま
す。それが表《おもて》に顕《あらわ》れると、明るくて自由な、輝く詩心になるので
す。私は、これらの人々の詩集を丹念に読んで、急に詩に開眼し、
自由詩がどんどん書けるようになりました。

ところで、私はいろんなジャンルの絵を描く、画家でもありま
す。最初に絵の勉強を始めたのは、俳画や仏画、水墨画や日本画
でした。それから、十年以上経って西洋画を始めたのです。西洋
画を始めて解ったことは、西洋画とは、何でもありの世界だと言
うことです。必ずしも、キャンバスに描かなくてもいいし、立体
やコラージュ、画材も何でもありで、びっくりしました。抽象画
があり、キュビズムやフォービズム、シュールレアリズムあり、
アクションペインティングもある。形をキッチリ描く必要はなく、

巨匠ほど形は稚拙です。と言うよりも、形の奥の絵心を大切にするので、敢えてそう描くのです。とにかく自由で、何でもありなのです。それが解り、西洋画が好きになりました。こうして、私は絵画に開眼し、次々と大作が描けるようになったのです。

この、私の絵画における開眼史は、そのまま詩と小説の、開眼史にもあてはまります。つまり、最近まで短歌や俳句など、いわゆる定型詩しか作ってなかったものが、文字数や季語の枠にとらわれない、何でもありの自由詩に開眼したわけです。その発端は、小説でした。小説を書くようになり、何でもありの文芸の楽しさを知ったのです。そこから、何でもありの自由詩の世界に醒め、西洋画のように、次々と書けるようになったのです。

特に、自由奔放でありながら、良く計算された谷川俊太郎の詩には、大きな影響を受けました。シンガーソングライターの、中島みゆきと同じです。それで、私の作詞、作曲の世界にも、新しい創作の世界が広がったのです。

こうしてできた詩集、『明日になれば』は、比較的まじめな詩を集めた一冊です。これを読んだ人は、私がまじめな詩人だと思うかもしれません。一方、詩集『ハレー彗星』は、おもしろくて楽しい、言葉遊びのオンパレードです。これを読むと、おかしい詩人だと思われるでしょう。

また、アルゼンチンに五日間で往復した、九十六時間の機内と空港で作った三十四篇の詩は、そのまま、詩集『泡立つ紅茶』の一冊になりました。これを読むと、「ウニ」入りミックスピザのように、「まじめ」と「おかしさ」がミックスされた、新しい味になったと思うでしょう。

面白いことに、小説で言葉遊びや駄洒落を嫌う人も居ますが、谷川俊太郎やまどみちおの詩集を見て、それを嫌ったり、批判する人は居ません。また、日本の伝統芸能の落語や狂言は、言葉遊びのオチが多いのです。短歌でも、「掛詞《かけことば》」は、伝統的な気の利く修辞法でした。こうして、洒落は、もともと知性と教養を必要とする、気の利いた表現だったのです。それが、一九六〇年代以降、これに価値を認めない人々から、「駄洒落」と言われるようになったのです。

ですから、この歴史を知れば、谷川俊太郎やまどみちお、シェークスピアなどの詩人のように、言葉遊びや駄洒落の詩があっても、決して悪いはずがありません。自由詩の世界では、大歓迎されるのです。詩心とユーモアがあり、人間の本質や魂の局面を、様々な角度から表現するものなら、何でもいいのです。さらに、意外性があり、言葉使いに個性があり、調べが美しければ、もっといいのです。それが、自由詩の魅力だと言えます。

なお、『明日になれば』は、詩画集もあります。これは、ひとつひとつの詩をモチーフに、私が描いた絵を載せたものです。また、『おのれに喝!』という書言集もあります。これは、私の一言の詩を、禅僧のように書道で書いたものです。また、『墨汁《ぼくじゅう》の詩《うた》』は、私の俳句と書と、水墨画の先生とのコラボレーションです。

このように、私にとっては、詩心と絵心は、同じルーツのものです。すなわち、両方とも詩心なのです。そして、絵心とは、それを色彩や形で表わすもの。だから、「まどみちお」も、あんなに素敵な絵を描くのでしょう。しかし、彼の絵画に関しては、詩よりもキッチリと描《か》きすぎです。ミロのように、もっと軽く、もっと色や形を省略した方が、彼の詩心が前面に出てくると思います。孔子が、教養とは「詩に興り、礼に立ちて、楽に成る」と言ったように、詩心は、魂の高貴な部分の表われです。だから、詩心が豊かであれば、芸術作品の創作範囲は、無限に広がるのです。オペラや歌曲やポップスを歌う歌手も、作詞や作曲をする人にも、歌心とは、音で表わす詩心であることを、是非知って頂きたい。

最後に……。

谷川俊太郎氏は、多くの子供たちや大人に、詩のおもしろさや楽しさを教えました。

私の詩は、無論、それほどのものとも思えませんが、わかり易さや明るさ、また面白さに関しては、きわ立っていると思います。この詩集を読んで、詩は自由で楽しいものなんだと、思ってくださる方が増えれば、これにまさる喜びはありません。

また全ての芸術家が、詩心を豊かにするために、詩が好きになってくれることを、切に祈るものです。

戸渡阿見

本書は、二〇〇九年三月に発刊された
「詩集　明日になれば」を改題し、
装いを新たにして発行しました。

戸渡阿見詩集

猫《ねこ》になれば！

明日《あした》になれば

ゆっくり生《い》きて
じっくり練《ね》ろう
いいものは　そうでないとできない
ゆっくり寝《ね》たら　その後《あと》は

気力《きりょく》に満《み》ちた　仕事《しごと》をしよう
ただ徒《いたずら》に寝《ね》るのは　単《たん》なるぐうたらだ
ゆっくり寝《ね》るのは　豊《ゆた》かな気力《きりょく》を養《やしな》うためだ
だがしかし………

心《こころ》が傷《きず》つき　やる気《き》が萎《な》えたら
とりあえず　意味《いみ》なく寝《ね》るのもいいものだ

明日《あした》になれば　自分《じぶん》も世界《せかい》も
変《か》わってるかもしれない

いわし雲《ぐも》

いやそうな　顔《かお》の男《おとこ》がいた
うれしそうな　顔《かお》の女《おんな》が　男《おとこ》に近《ちか》づく
なんで　そんな嫌《いや》そうな　顔《かお》してるの
男《おとこ》は　ほっといてくれという　顔《かお》をした

うれしそうな　顔《かお》の女《おんな》は
もっとうれしそうな　顔《かお》をした
いやそうな　顔《かお》の男《おとこ》は
もっといやそうな　顔《かお》をした
そこに　つばめが飛《と》んで来《き》て
心配《しんぱい》そうに　言《い》った
青空《あおぞら》に向《む》かって
もっと　正直《しょうじき》になってください

いやそうな　顔《かお》の男《おとこ》は
つばめに向《む》かって　言《い》った
ちょっと　いやな顔《かお》の　練習《れんしゅう》してたんだよ
うれしそうな　顔《かお》の女《おんな》も言《い》った
私《わたし》も　うれしい顔《かお》の　練習《れんしゅう》してたのよ
二人《ふたり》は　同《おな》じ劇団《げきだん》の　団員《だんいん》だった
空《そら》から　二人《ふたり》を見《み》つめ

心配《しんぱい》したつばめは
バカらしくなって　飛《と》んで行《い》った
そよと流《なが》れる　いわし雲《ぐも》は
ボソッと言《い》った
人間《にんげん》なんて　そんなもんだよ
人《ひと》の顔色《かおいろ》を　いちいち気《き》にしてちゃ
青空《あおぞら》には　住《す》めないよ

何《なん》とか言《い》えよ

君《きみ》　嬉《うれ》しいのか　いやなのか　どっちなんだ
僕《ぼく》は　忙《いそが》しいんだ
いちいち君《きみ》の　心《こころ》の奥《おく》まで　探《さぐ》ってる暇《ひま》はないんだ
嬉《うれ》しいなら　もっと嬉《うれ》しそうな　顔《かお》をしてくれ

嫌《いや》ならば　なんで嫌《いや》なのか　どこが嫌《いや》なのか
どうして欲《ほ》しいのか　正直《しょうじき》に言《い》ってくれ
自慢《じまん》じゃないが　僕《ぼく》は　優《やさ》しくて親切《しんせつ》なんだ
君《きみ》の気持《きも》ちや　意向《いこう》は　大切《たいせつ》にするよ　どうなんだい
黙《だま》ってたら　解《わか》らないじゃないか
その………　無表情《むひょうじょう》で　黙《だま》って　立《た》ってられるのは
ぼくには　耐《た》えられない

まるで　沈黙《ちんもく》の暴力《ぼうりょく》だ　何《なん》とか言《い》えよ
うんとか　すんとか　口《くち》に出《だ》して　言《い》ってくれ

あああ………
もう　お祭《まつ》りが　始《はじ》まりそうだ
じゃ　ぼくは　帰《かえ》るからね　また来《き》なさいね
残念《ざんねん》そうな　顔《かお》をして　鎮守《ちんじゅ》の森《もり》の八幡《はちまん》さんは

拝殿《はいでん》から　帰《かえ》ってしまった

人形形代《ひとがたかたしろ》

人形形代《ひとがたかたしろ》は　神社《じんじゃ》では　ひとがたかたしろと読《よ》む
それを　にんぎょうけいだいと読《よ》むと　どうなるか
神社《じんじゃ》で　人形《ひとがた》を　焚《た》き上《あ》げるのが
浅草観音《あさくさかんのん》の　人形焼《にんぎょうや》きに　なるのです

形代《かたしろ》は　神社《じんじゃ》では白《しろ》い紙《かみ》の　かたしろだが
浅草観音《あさくさかんのん》では　境内《けいだい》の　形代《けいだい》だと思《おも》われる
訓読《くんよ》みと　音読《おんよ》みで　神社《じんじゃ》とお寺《てら》
神道《しんとう》と仏教《ぶっきょう》に　別《わか》れる面白《おもしろ》さ
日本《にっぽん》はいいな
神様《かみさま》と仏様《ほとけさま》が　仲《なか》よくて
読《よ》み違《ちが》いしても　祓《はら》われたり　救《すく》われたりするだけだ

祓《はら》い給《たま》え　救《すく》い給《たま》え　神仏習合《しんぶつしゅうごう》　バンザイです
民衆《みんしゅう》にとっては　そのほうが　ハッピーです
梅雨入《つゆい》りの　ある朝《あさ》　ハッピーな日本人《にほんじん》の誕生日《たんじょうび》
ハッピーバースデイ　露《つーゆー》の神社《じんじゃ》
ハッピーバースデイ　露《つーゆー》のお寺《てら》
ハッピーバースディ　to　you　の神仏《しんぶつ》
ハッピーバースディ　to　you　の日本文化《にほんぶんか》

日本《にほん》にくれば　何《なん》でも　幸《しあわ》せに生《う》まれます

忍《しの》ばずの池《いけ》

パラパラと　涙《なみだ》がこぼれ
パラパラ落《お》ち葉《ば》は　散《ち》って行《い》く
ハラハラと　涙《なみだ》は流《なが》れ
ハラハラ雪《ゆき》は　降《ふ》りしきる

キリキリ痛《いた》む　ぼくの胸《むね》に
風《かぜ》はキリキリ　舞《ま》い遊《あそ》ぶ
ぼくは　フラフラ彷徨《さまよ》って
フラミンゴを　見《み》に行《い》った
ヨレヨレ服《ふく》で　檻《おり》を見《み》れば
らくだが　ヨロヨロひざまずく
もう　帰《かえ》ろうか　まだ遊《あそ》ぼうか

空《そら》を見上《みあ》げる　動物園《どうぶつえん》
不忍《しのばず》の池《いけ》で　ぼくは忍《しの》ぶ
まだ見《み》ぬ人《ひと》の　出会《であ》いは先《さき》だ
でも本当《ほんとう》に　待《ま》ってるのかな

宇宙人《うちゅうじん》に聞《き》く

有《あ》り難《がた》い　有《あ》り難《がた》いという心《こころ》だけでは　だめだ
その有《あ》り難《がた》さを　いかに　表現《ひょうげん》するかが大切《たいせつ》だ
有《あ》り難《がた》い心《こころ》を　上手《じょうず》に表現《ひょうげん》できたら　それは真心《まごころ》だね
それを　実行《じっこう》できたら　誠《まこと》だよ

それを貫《つらぬ》けば　実《み》が入《はい》って　誠実《せいじつ》になる

そして誠《まこと》を　意志《いし》に置《お》けば　誠意《せいい》ある態度《たいど》だ
ああ　世《よ》の中《なか》には　有《あ》り難《がた》い心《こころ》で生《い》きる人《ひと》は少《すく》なく
真心《まごころ》で生《い》きる人《ひと》は　もっと少《すく》ない
新撰組《しんせんぐみ》じゃ　あるまいし
誠《まこと》を旗印《はたじるし》にする人《ひと》は　今《いま》になく

誠実《せいじつ》な人《ひと》は　目薬《めぐすり》ほどもない

お店《みせ》に行《い》って　買《か》い物《もの》したり

お金《かね》を払《はら》って　サービス受《う》けても

誠意《せいい》のない態度《たいど》には　本当《ほんとう》に　腹《はら》が立《た》つ

そんな　いい店《みせ》やサービスは　意外《いがい》に　少《すく》ないものだ

だからもし　自分《じぶん》が少《すこ》しでも　それを心掛《こころが》け

少《すこ》しでも　実行《じっこう》すれば　すごい人《ひと》に　なるじゃないか

見《み》てないように見《み》えて　案外人《あんがいひと》は　見《み》ているもの
それは　どんな国《くに》の　どんな民族《みんぞく》でも　変《か》わらない
だから　見《み》てないようで　実《じつ》は　世界《せかい》の人《ひと》がじっと見《み》ている
もしそれが　世界《せかい》が見《み》つめる　普遍《ふへん》のモラルなら
きっと神様《かみさま》も　仏様《ほとけさま》も　宇宙人《うちゅうじん》だって　見《み》ているはずだ
見《み》られて　恥《は》ずかしい　地球人《ちきゅうじん》にはなりたくない

見《み》られて　誇《ほこ》れる　いい地球人《ちきゅうじん》でありたい
だから　一杯《いっぱい》のコーヒーを　丁寧《ていねい》に入《い》れ
料理《りょうり》も　毎日《まいにち》オリジナルに　美味《おい》しく作《つく》りたい
そして　一本《いっぽん》の手紙《てがみ》や　一回《いっかい》の電話《でんわ》も
おざなりなものに　したくない
有《あ》り難《がた》さと　真心《まごころ》のこもった
誠実《せいじつ》で　温《あたた》かいものにしたい

小《ちい》さなことから　大《おお》きなことまで
一生《いっしょう》　それを貫《つらぬ》く人《ひと》が　本当《ほんとう》に優《すぐ》れた　地球人《ちきゅうじん》だと思《おも》う
今度《こんど》　神様《かみさま》や仏様《ほとけさま》　宇宙人《うちゅうじん》にあったら　聞《き》いてみよう
空《そら》から見《み》ていて　どうですか
私《わたし》の意見《いけん》に　賛成《さんせい》ですか
そんな　地球人《ちきゅうじん》は　好《す》きですかと

赤《あか》ちゃん天使《てんし》

赤《あか》ちゃん天使《てんし》が　ささやいた
宇宙人《うちゅうじん》の子《こ》って　何《なん》て言《い》うの？
宇宙人《うちゅうじん》は答《こた》えた
バルタン聖子《せいこ》ちゃんでーす

赤《あか》ちゃん天使《てんし》は　次《つぎ》にクジラにたずねた
この子供《こども》は　何《なん》ていう名前《なまえ》？
まっこうクジラは　答《こた》えた
末《すえ》っ子《こ》の　マッコーです
赤《あか》ちゃん天使《てんし》は　キラキラ星《ぼし》の中《なか》に　飛《と》んで行《い》き
小《ち い》さな惑星《わくせい》に　言《い》った
惑星《わくせい》さんは　おならしないの？

すると惑星《わくせい》は　突然《とつぜん》　おならして言《い》った
わっくせー！
赤《あか》ちゃん天使《てんし》は　琵琶湖《びわこ》に飛《と》び
大《おお》きな声《こえ》で　湖《みずうみ》に言《い》った
湖《みずうみ》の子供《こども》は　何《なん》て言《い》うの？
すると　琵琶湖《びわこ》が二《ふた》つに割《わ》れ
小《ちい》さな魚《さかな》の　群《む》れが現《あら》われた

その代表《だいひょう》の　魚《さかな》は言《い》った
モロコ　モロコ　モロコだよ
赤《あか》ちゃん天使《てんし》は　もう一度《いちど》たずねた
モロコの子供《こども》は　何《なん》て言《い》うの
モロコの代表《だいひょう》は　答《こた》えた
それはジャコ　ジャコ　おジャコだよ
なんだそうか

モロッコに現《あら》われた
ジャコビニ彗星《すいせい》と　同《おな》じだね
赤《あか》ちゃん天使《てんし》は　納得《なっとく》して
木星《もくせい》に　帰《かえ》ることにした
地球《ちきゅう》の成層圏《せいそうけん》を出《で》て　木星《もくせい》の家《いえ》に帰《かえ》るまで
赤《あか》ちゃん天使《てんし》は
最後《さいご》に「こ」のつく言葉《ことば》を　口《くち》ずさむ

「うんこ」「しっこ」「がっこ」
「めんこ」「きのこ」
「いいこ」「わるいこ」「元気《げんき》なこ」
赤《あか》ちゃん天使《てんし》は
言葉《ことば》が連続《れんぞく》すると　キャッキャッと笑《わら》い
喜《よろこ》んで　宇宙《うちゅう》を飛《と》んだ
赤《あか》ちゃん天使《てんし》が

「こ」のつく言葉《ことば》が　好《す》きなのは
「こ」を運《はこ》ぶ　天使《てんし》だからです
つまり「こ」を運《はこ》ぶ
「幸運《こーうん》の天使《てんし》」だからです
実《じっ》を言《い》えば　赤《あか》ちゃん天使《てんし》は
木星《もくせい》の　子供《こども》だったのです

月が出てキッスが止まる猫の恋／東州画

風船《ふうせん》

赤《あか》い風船《ふうせん》が　空《そら》を舞《ま》う
赤風船《あかふうせん》は　青空《あおぞら》の白雲《しらくも》に入《い》り　つき抜《ぬ》けて行《い》った
黄色《きいろ》い風船《ふうせん》も　空《そら》に舞《ま》い　風《かぜ》に流《なが》れ消《き》え去《さ》った
白《しろ》い風船《ふうせん》は　空《そら》を飛《と》び回《まわ》り　雲《くも》に吸《す》い込《こ》まれ

入道雲《にゅうどうぐも》の　でべそになった
緑《みどり》の風船《ふうせん》は　空《そら》から落《お》ち　杉林《すぎばやし》のコブになる
水色風船《みずいろふうせん》は　空《そら》に消《き》え　空《そら》の青《あお》さが　濃《こ》くなった
色《いろ》とりどりの　風船《ふうせん》は　色《いろ》とりどりの　人生《じんせい》だ
どこへ飛《と》んでも　美《うつく》しく　どこへ落《お》ちても　幸《しあわ》せだ
軽《かる》い心《こころ》の風船《ふうせん》は　飛《と》んでも落《お》ちても　傷《きず》つかない
艱難辛苦《かんなんしんく》も　感《かん》じない

空一杯《そらいっぱい》の　空気《くうき》を吸《す》い　ぼくも　風船《ふうせん》になるんだ
風船《ふうせん》になり　風《かぜ》に乗《の》り　色《いろ》とりどりの　風船《ふうせん》と遊《あそ》ぶ
楽《たの》しい　空《そら》の散歩《さんぽ》なら　赤風船《あかふうせん》の　そばがいい
一緒《いっしょ》に遊《あそ》ぼう　風船《ふうせん》たち
風船《ふうせん》たちと　空《そら》のかなたへ　旅《たび》したい
空《そら》のかなたの　宇宙《うちゅう》まで
宇宙《うちゅう》のかなたの　神《かみ》のもとまで

観音様《かんのんさま》の人形焼《にんぎょうやき》

自分《じぶん》で自分《じぶん》が解《わか》らなくなった
自分《じぶん》は何《なん》だろう
自分《じぶん》は母《はは》から生《う》まれたが
この自分《じぶん》という気持《きも》ちは

どこから生《う》まれたのだろう
自分《じぶん》は　何《なん》で自分《じぶん》と思《おも》うのだろうか
自分《じぶん》と思《おも》わなくなった自分《じぶん》は
どんな自分《じぶん》なんだろうか
自分《じぶん》で自分《じぶん》がわからない
だからいいのかも知《し》れない
死《し》ねば自分《じぶん》と思《おも》う自分《じぶん》は

どうなるのだろうか
それは　死《し》んでみるまでわからない
だからいいんじゃないか
死《し》ぬ意味《いみ》は　そこにあるのかもしれない
死《し》んだ時《とき》の自分《じぶん》は　幸《しあわ》せなのか
それも　死《し》んでみるまでわからない
死《し》んでみて　もし不幸《ふこう》だったらどうしよう

バカヤロー　こんな所《ところ》で死《し》んでられるか
と怒鳴《どな》り　すぐに生《い》き返《かえ》れるならいいけれど
泣《な》いても　怒鳴《どな》っても
不幸《ふこう》な自分《じぶん》のままなら　どうすればいいのかな
それも　死《し》んでみるまでわからない
死《し》んだら　自分《じぶん》は変《か》わるのだろうか
それも　死《し》ぬまでわからない

しかしやっぱり　自分次第《じぶんしだい》だろう
自分《じぶん》で　自分《じぶん》が　変《か》わったと思《おも》う時《とき》がある
それが続《つづ》けば
きっと死《し》んだ自分《じぶん》も　死《し》んだ世界《せかい》で変《か》われるはずだ
そこが　地獄《じごく》でも天国《てんごく》でも
柔軟《じゅうなん》に　その環境《かんきょう》に適合《てきごう》できると思《おも》う
生《い》きてる自分《じぶん》の　毎日《まいにち》が

変《か》わり映《ば》えしないなら
きっと　死《し》んでも変《か》わらないだろう
それなら　死《し》ぬと孤独《こどく》に違《ちが》いない
行《い》き詰《づ》まるだろう
悩《なや》むだろう
焼《や》きそばを　食《た》べたくなるだろう
関係《かんけい》ないか

でも……

死《し》んだら　焼《や》きそばは食《た》べれるのかなあ
全《すべ》ては　死《し》んでみるまでわからない
自分《じぶん》と思《おも》う自分《じぶん》が　死《し》んでなくなるなら
焼《や》きそば食《た》べなくても　問題《もんだい》ないはずだ
と言《い》うより　食《た》べてる実感《じっかん》がないはずだ
だがしかし

死《し》んで　自分《じぶん》と思《おも》う自分《じぶん》があったらどうしよう
その時《とき》のために　いま自分《じぶん》はどうすべきか
焼《や》きそばの　食《た》べ溜《だ》めをしても　しかたあるまい
やはり　今《いま》からどんな環境《かんきょう》にあっても
自分《じぶん》を柔軟《じゅうなん》に　前向《まえむ》きに持《も》って行《い》き
どんな環境《かんきょう》でも　自分《じぶん》を幸《しあわ》せにし
楽天的《らくてんてき》で　明《あか》るい自分《じぶん》をつくるしかない

死《し》んでもし　自分《じぶん》があり
そんな　自分《じぶん》しかなければ
死後《しご》の自分《じぶん》には　幸《しあわ》せしかないじゃないか
何百年《なんびゃくねん》かして　もし生《う》まれ替《か》われるなら
そんな幸《しあわ》せな　自分《じぶん》を継承《けいしょう》したい
しかし………
そう　うまく行《い》くかどうか

全《すべ》ては　死《し》んでみるまでわからない
生《う》まれ替《か》わるまで　わからない
しかし　それがわからないから　いいんだ
わからないからこそ
自分《じぶん》を変《か》える努力《どりょく》を　続《つづ》けるしかない
毎日毎日《まいにちまいにち》　死《し》ぬ前日《ぜんじつ》までそれを続《つづ》け
そんな自分《じぶん》のまま　死《し》にたいものだ

浅草観音土産《あさくさかんのんみやげ》の　人形焼《にんぎょうや》きを食《た》べながら
自分《じぶん》が　人形焼《にんぎょうや》きのように焼《や》かれ
「死《し》」に　食《た》べられる日《ひ》を思《おも》い
自分自身《じぶんじしん》を鉄板《てっぱん》で　裏返《うらがえ》してみるのだった

女神《めがみ》

山《やま》から　神様《かみさま》が来《き》て言《い》った
心《こころ》が淋《さび》しいのは
自分《じぶん》のことばかり考《かんが》え　悩《なや》み
あれこれ考《かんが》えるからよ

自分《じぶん》のことは　しばらく忘《わす》れ
他人《たにん》のために　何《なに》か一生懸命《いっしょうけんめい》やりなさい
すると　心《こころ》は晴《は》れ晴《ば》れとして　充実《じゅうじつ》するわよ
その時《とき》　こみ上《あ》げる充実感《じゅうじつかん》が
あなたの淋《さび》しさを救《すく》い　癒《いや》すのよ
だから　他人《たにん》のためのようでも
それは　あなたの　幸《しあわ》せのためなのよ

今《いま》までの　あなたのお人好《ひとよ》しが
あなたの　幸《しあわ》せを作《つく》っていたのよ
今淋《いまさび》しいのは　あなたが
それを　忘《わす》れてしまったからよ

その時《とき》　どこかでポーンと音《おと》がした
山《やま》から来《き》た神様《かみさま》は　女神《めがみ》だった

見《み》たこともない　女神《めがみ》だ
なんだか　姉《あね》の顔《かお》に似《に》ている
もう一度《いちど》見上《みあ》げたら　女神《めがみ》の姿《すがた》はなかった
池《いけ》のほとりで　ぼくは　風《かぜ》に吹《ふ》かれていた
女神《めがみ》の言葉《ことば》を　思《おも》い出《だ》していた
ふと気《き》になって
ぼくは　池《いけ》に石《いし》を投《な》げた

すると　ポチャンと音《おと》がした
女神《めがみ》の言葉《ことば》を聞《き》いた時《とき》
ポーンという音《おと》がしたが
あれは　何《なん》の音《おと》だったのか
ぼくは　もう一度《いちど》石《いし》を投《な》げた
ポチャーンという　音《おと》がした
その時《とき》　気《き》がついた

あのポーンという　音《おと》は
自分《じぶん》の中《なか》が　はじけた音《おと》だ
投《な》げた石《いし》が　ポチャーンと落《お》ちる
ぼくの中《なか》が　ポーンとはじける
ポチャーン　ポーン
二《ふた》つの音《おと》が　一《ひと》つになって
ぼくを包《つつ》んでいる

輪《わ》っかのできた　波《なみ》の上《うえ》に
女神《めがみ》の顔《かお》が　ゆれている
水《みず》に映《うつ》った　女神《めがみ》に向《む》かい
ぼくは　たずねてみた
あなたは　一体《いったい》どなたですか
女神《めがみ》は　答《こた》えてくれた
「私《わたし》は　あなたの奇魂《くしみたま》よ

あなたが　あんまり淋《さび》しがるから
あなたの　心《こころ》が暗《くら》すぎて
あなたに　住《す》めなくなったのよ
だから　山《やま》に帰《かえ》り
あなたの中《なか》に　戻《もど》れる日《ひ》を
ずっとずっと　待《ま》っていたのよ
これで　戻《もど》れるわ

お人好《ひとよ》しで　優《やさ》しいあなたが
その尊《とうと》さを
やっと　わかってくれたのね
私《わたし》は　あなたの中《なか》の
心《こころ》の奥《おく》に　ずっと住《す》んでいたのよ
もう　あんなに　淋《さび》しがらないでね
また　住《す》めなくなるから……」

姉《あね》に似《に》た女神《めがみ》とは
自分《じぶん》の　姿《すがた》だったのだ
ぼくは　男《おとこ》に生《う》まれたが
中《なか》には　女神《めがみ》が住《す》んでいたのか
自分《じぶん》を　取《と》り戻《もど》すなんて　世間《せけん》で言《い》うが
ほんとうは　自分《じぶん》の中《なか》の　男神《おがみ》や女神《めがみ》を
取《と》り戻《もど》すことだったんだ

池《いけ》の水面《みなも》は　静《しず》かになった
さざ波《なみ》が　立《た》つ気配《けはい》もない
もう　女神《めがみ》の姿《すがた》は　どこにもない
すると　山《やま》からさわやかな
一陣《いちじん》の風《かぜ》が　やって来《き》た
その風《かぜ》を受《う》け　池《いけ》の周《まわ》りの　枯《か》れ葉《は》は騒《さわ》ぐ
サラサラサラと　騒《さわ》いでる

水面《みなも》に映《うつ》る　自分《じぶん》の顔《かお》は
いつの間《ま》にか　女神《めがみ》のように　輝《かがや》いていた
あたりは　朝日《あさひ》のあたたかさで
花園《はなぞの》のような　空気《くうき》になった
風《かぜ》も草木《くさき》も　キラキラしている
どこまでも　どこまでも
キラキラしている

一月《いちがつ》の詩《うた》

山《やま》から　雪《ゆき》が来《き》て
雪《ゆき》から　雨《あめ》になる
雨《あめ》から　涙出《なみだで》て
涙《なみだ》から　希望《きぼう》が出《で》るまで

もう少《すこ》し　時間《じかん》をください
ほんの　少《すこ》しの間《あいだ》です

二月《にがつ》の詩《うた》

節分《せつぶん》の鬼《おに》が　笑《わら》ってる
赤鬼《あかおに》も青鬼《あおおに》も　笑《わら》ってる
寒《さむ》いのを　いやがる奴《やつ》は　誰《だれ》だ
寒《さむ》さが極《きわ》まらねば

温《あたた》かい春《はる》は　来《こ》ないんだ
春《はる》を　恋《こい》しく思《おも》うなら
寒《さむ》さのおかげと　思《おも》うべし
寒《さむ》さがあって
温《あたた》かさがある
寒《さむ》さを知《し》らぬ者《もの》に
春《はる》を　与《あた》えるつもりはない

春《はる》の尊《とうと》さを知《し》るために
もっと　寒《さむ》さを歓迎《かんげい》しろ
赤鬼《あかおに》も青鬼《あおおに》も　野山《のやま》を寒《さむ》く
空《そら》も風《かぜ》も　寒《さむ》くさせるが
何《なん》のためだか　わかったか
この寒《さむ》がりの　福逃《ふくのが》しめ
わはは　わはは

春風《しゅんぷう》や鬼《おに》ごろしの酒腹《さけはら》めぐる

三月《さんがつ》の詩《うた》

空気《くうき》がふくらむ　春《はる》の気配《けはい》
喜《よろこ》び悲《かな》しみ　入《い》り交《ま》じる
大地《だいち》は疼《うず》き　芽《め》は踊《おど》る
ぼくの心《こころ》も　疼《うず》くけど

花《はな》が咲《さ》くのは　まだ先《さき》だ
突風《とっぷう》来《き》たり　目《め》にほこり
眼《め》が痛《いた》くて　こするけど
春《はる》の空気《くうき》に　励《はげ》まされ
お湯《ゆ》の涙《なみだ》が　心地《ここち》よい
痛《いた》みは消《き》える　春涙《はるなみだ》
痛《いた》みは消《き》える　希望《きぼう》の涙《なみだ》

四月《しがつ》の詩《うた》

風《かぜ》に　春《はる》が住《す》むようだ
お前《まえ》は　どこからやって来《き》たのだ
なになに　冬《ふゆ》の地面《じめん》の下《した》か
それとも　鬼《おに》の　目《め》の涙《なみだ》か

ちがうのか
それなら　やっぱり
夢《ゆめ》を語《かた》った　昨日《きのう》の　わしの電話《でんわ》からだな
やっぱり　そうか
じゃあな　春《はる》よ
風《かぜ》に住《す》む　春《はる》よ
また来《こ》いよ
わしが　夢《ゆめ》を忘《わす》れた　肌寒《はださむ》い頃《ころ》に

五月《ごがつ》の詩《うた》

鳴門《なると》の渦潮《うずしお》の　大《おお》きな渦《うず》は
ぼくの心《こころ》を　癒《いや》す渦《うず》だ
だから　ほんとに　渦救命丸《うずきゅうめいがん》
幸《しあわ》せの渦《うず》は　春《はる》の渦《うず》だ

つらい悲《かな》しみは　渦《うず》に消《き》え
鳴門《なると》若布《わかめ》の　ゆらゆらに
遊《あそ》んで消《き》えて　ゆくようだ
めでたい　食《た》べたい　鳴門《なると》の鯛《たい》は
渦《うず》をしのいだ　苦労《くろう》の味《あじ》だ
浮《う》かれた春《はる》の　このぼくは
鳴門《なると》の鯛《たい》を　釣《つ》りました

ピンクの腹《はら》は　まばゆくて
黒《くろ》い眼《まなこ》に　表《あら》われた
渦《うず》を生《い》き抜《ぬ》く　その力《ちから》
あっと　感《かん》じて　泣《な》きました

それを思《おも》えば　ぼくなんか
鯛《たい》したことない　苦《くる》しみばかり

鯛《たい》したことない　悲《かな》しみばかり
それから　ぼくは　その鯛《たい》を
渦潮《うずしお》に帰《かえ》そうと　思《おも》ったけれど
鯛《たい》の命《いのち》の力強《ちからづよ》さ　かわいい姿《すがた》が　恋《こい》しくて
塩焼《しおや》きにして　食《た》べました
鯛《たい》よ鯛《たい》さん　鳴門《なると》の鯛《たい》よ
ぼくの命《いのち》に　なってくれ

ぼくの命《いのち》の　渦潮《うずしお》の
渦《うず》の力《ちから》に　なってくれ

六月《ろくがつ》の詩《うた》

梅雨《つゆ》の雨《あめ》は　雨《あめ》らしい
雨《あめ》の中《なか》の　雨《あめ》と言《い》える
中途半端《ちゅうとはんぱ》な　雨《あめ》はいやだ
どしゃ降《ぶ》り　長雨《ながあめ》　じとじと雨《あめ》
どんな雨《あめ》でも　素敵《すてき》だよ

だって　紫陽花《あじさい》の　青《あお》や紫《むらさき》は
その雨《あめ》があって　美《うつく》しく
瑞々《みずみず》しくて　可憐《かれん》だもの
ぼくも　昔《むかし》の　悲《かな》しい雨《あめ》に
たくさん濡《ぬ》れて　生《い》きて来《き》て
今《いま》　瑞々《みずみず》しく　生《い》きている
青空《あおぞら》のように　アンドロメダ星雲《せいうん》のように
そして　今朝《けさ》の　紫陽花《あじさい》のように

七月《しちがつ》の詩《うた》

あつい　あつい　あつい
クーラーをつけろよ　最強《さいきょう》にしてくれ
君《きみ》ちょっと　寒《さむ》すぎるよ　それじゃ
利《き》き過《す》ぎだよ　利《き》き過《す》ぎ

弱《じゃく》に　切《き》り替《か》えてくれ
早《はや》く早《はや》く
それにしても……　君《きみ》は
クーラーの切《き》り替《か》えは　すぐにできるのに
気持《きも》ちの切《き》り替《か》えは
なんで　すぐにできないんだ？
あつ過《す》ぎたり　さむ過《す》ぎたりで

まん中《なか》の　気持《きも》ちがないね
何事《なにごと》も　快適《かいてき》な状態《じょうたい》というものが　あるだろう
だから　君《きみ》
いつも　頭《あたま》を冷《ひ》やしなさいよ
でも　心《こころ》は　常《つね》に熱《あつ》くするんだ
心《こころ》のスイッチを　いつも前向《まえむ》きに
もっと　上手《じょうず》に切《き》り替《か》えたら

給料《きゅうりょう》を　上《あ》げてやるよ
夏《なつ》のボーナスも
もっと多《おお》めに　あげるよ
それにしても　今年《ことし》の夏《なつ》は　あついね

八月《はちがつ》の詩《うた》

樹木《きぎ》の汗《あせ》を　感《かん》じながら
私《わたし》は　蝉《せみ》を見《み》ていた
二週間《にしゅうかん》しかない　命《いのち》と　知《し》っていたら
あんなに　蝉《せみ》を取《と》らなかったのに

また　樹木《きぎ》から　汗《あせ》が出《で》た
この樹《き》は　何《なん》という樹《き》なのか
名《な》も知《し》らぬ　樹木《きぎ》から　汗《あせ》が出《で》る
私《わたし》が流《なが》すはずの　汗《あせ》を
この樹《き》は　代《か》わりに　流《なが》しているのか
この　大樹《たいじゅ》の蔭《かげ》で　休《やす》む私《わたし》は
本当《ほんとう》は　蝉《せみ》よりも

もっと迷惑《めいわく》な　存在《そんざい》なのかも知《し》れない

樹木《きぎ》の汗《あせ》
本当《ほんとう》は　涙《なみだ》なのかも知《し》れない

まさか……
昨日《きのう》の夜《よる》に　ここに来《き》て
星空《ほしぞら》に向《む》かって　泣《な》いて　話《はな》したことを

この樹《き》は　知《し》っているのだろうか
また　樹木《きぎ》から　汗《あせ》が出《で》た
いや　やっぱり　これは涙《なみだ》だ
その時《とき》　涼《すず》やかな　風《かぜ》が吹《ふ》き
樹木《きぎ》は揺《ゆ》れて　葉《は》が騒《さわ》いだ
蝉《せみ》は　いたたまれなくなり
ジィと鳴《な》いて　飛《と》び去《さ》った
私《わたし》は癒《いや》されて　ずっと　そこに佇《たたず》んでいた

九月《くがつ》の詩《うた》

くさい　白菜《はくさい》　二十九歳《にじゅうくさい》
どこでも病《や》んで　悩《なや》んで泣《な》いて
おいらは見《み》てる　あんちくしょう
あいつは　いったい　どこの奴《やつ》

ださい　野菜《やさい》を　白《しろ》ぬいの
手《て》ぬぐい頬《ほお》に　泥棒《どろぼう》か
いやな盗人《ぬすっと》　恋泥棒《こいどろぼう》
おいらの彼女《かのじょ》を　取《と》ったやつ
村《むら》の村長《そんちょ》の　せがれだよ
エロい　黒《くろ》い　百姓《ひゃくしょう》の
おいらは天然《てんねん》　心《こころ》も天然《てんねん》

有《あ》り居《お》り侍《はべ》り　いまそかり
菜行《なぎょう》の　変格活用形《へんかくかつようけい》
そいつは　おいらの性格《せいかく》だ
蟻《あり》おり　侍《はべ》り　家《いえ》の庭《にわ》
蟻《あり》の生《い》き方《かた》　ありのまま
おいらの心《こころ》も　ありのまま
だけど　素行《そこう》は　菜行《なぎょう》の変格《へんかく》

広《ひろ》い　もろい　おいらの夢《ゆめ》は
それでも　毎晩泣《まいばんな》きながら
彼女《かのじょ》を想《おも》って　星《ほし》を見《み》る
干飯《ほしいい》よ　星《ほし》よ　彼女《かのじょ》が欲《ほ》しい
コンビニ弁当《べんとう》　カラカラに
置《お》き去《ざ》りにする　部屋《へや》の隅《すみ》
宮崎県《みやざきけん》の　田舎道《いなかみち》

トボトボ歩《ある》く　お百姓《ひゃくしょう》
あれはとうちゃん　兄《あに》やんだ
嫁《よめ》ご探《さが》して　欲《ほ》しっちゃが
いい娘《こ》見《み》つけて　くれんかねえ
星《ほし》はこぼれる　宮崎県《みやざきけん》
トンボのめぐる　彼岸花《ひがんばな》
大山椒魚《おおさんしょううお》　ワープして

川《かわ》から上《あ》がり　人《ひと》となる
おいらの正体《しょうたい》　知《し》られたら
ここにはおれない　宮崎県《みやざきけん》
鹿児島県《かごしまけん》に　引《ひ》っ越《こ》しだ

十月《じゅうがつ》の詩《うた》

私《わたし》は　山《やま》から　声《こえ》をかけました
ヤッホー　お元気《げんき》ですか
すると　ヤッホーは　力一杯答《ちからいっぱいこた》えました
ヤッホー　元気《げんき》ですよ

あなたはどう
私《わたし》は　またヤッホーに　声《こえ》をかけました
ヤッホー　私《わたし》も元気《げんき》よー
それより　ヤッホー　ごはん食《た》べたあー
ヤッホーは　ひときわ大《おお》きな声《こえ》で　返事《へんじ》しました
まあーだだよー
私《わたし》は　お腹《なか》が　すいていたので

ヤッホーは　毎日《まいにち》　何《なに》を食《た》べるのか
すごく　気《き》になりました
そこで私《わたし》は　大《おお》きな声《こえ》で　ヤッホーに尋《たず》ねました
ヤッホー　ヤッホーはー
いったい　何《なに》が好物《こうぶつ》なのーー
ヤッホーは　恐《おそ》る恐《おそ》る小《ちい》さな声《こえ》で　返事《へんじ》しました
ヤッホーは　ヤッホーは　君《きみ》が好《す》きなのさー

ヤッホーは　君《きみ》が大好《だいす》きーー
私《わたし》は　うれしくなって　大《おお》きな声《こえ》で叫《さけ》びました
ヤッホーー　じゃーー　私《わたし》をーー　食《た》べてみるーー
ヤッホーも　うれしくなって　大《おお》きな声《こえ》で叫《さけ》びました
ヤッホーー　食《た》べたーーい
食《た》べたーーい　君《きみ》を食《た》べたーーい
私《わたし》は　それで　強《つよ》い風《かぜ》になり

ヤッホーの所《ところ》へ　飛《と》んで行《い》きました
ヤッホーは　八《やっ》つの峯《みね》でした
八《やっ》つの峯《みね》は　恋《こい》しい　秋風《あきかぜ》を受《う》け
どんどん　樹木《きぎ》は赤《あか》くなり
黄色《きいろ》や　オレンジ色《いろ》に　なりました
秋風《あきかぜ》の私《わたし》は　ヤッホーの　妻《つま》になりました
それから　ヤッホーは色《いろ》づき

観光客《かんこうきゃく》が　訪《おとず》れるように　なりました
緑《みどり》ばかりで　色気《いろけ》のなかった　ヤッホーは
私《わたし》を　妻《つま》にしたおかげで
色《いろ》っぽく　艶《つや》っぽくなり
男《おとこ》らしい　秋《あき》の山《やま》になりました

十一月《じゅういちがつ》の詩《うた》

空《そら》は　どこまでも空《そら》だが
へそは　どうしても　茶《ちゃ》を沸《わ》かす
どうして？
わしに聞《き》くより　おのれの　腹《はら》に聞《き》け

ぶんぶく　ぶんぶく
ほうら　やっぱり　茶《ちゃ》を沸《わ》かしてるじゃないか
なんでかな
それは　お前《まえ》の　日々《ひび》の怠《おこた》りが　茶釜《ちゃがま》になったからじゃ
どれどれ　わしが　一服茶《いっぷくちゃ》を点《た》てて進《しん》ぜよう
やめてくれー
これこれ　そんなに　恐《おそ》れずともよい

ちょっと　お前《まえ》の　へその茶釜《ちゃがま》を沸《わ》かし
茶《ちゃ》を点《た》てるだけじゃ
恐《こわ》がることはない
あっちち　あっちち
やめてくれー
おやおや　どこが熱《あつ》いのじゃ
へ　へ　へそです

それは　お前《まえ》の　平素《へいそ》の行《おこな》いが
怠《おこた》りと　あなどりばかりだから
怠《おこた》りで　腐《くさ》ったへそが　ちょうど
炭《すみ》のように　黒《くろ》い固《かた》まりに　なったのじゃ
そして　あなどりで　へそに穴《あな》が開《あ》いたのじゃ
穴《あな》に炭《すみ》が入《はい》ると　空気《くうき》がこもり　燃《も》えやすくなる
へええ　そうですか

どれどれ　へその穴《あな》から　覗《のぞ》いてやろう
わあああ　こりゃひどい
な　なんか　まずいものでも　見《み》えますか
見《み》えるぞ　見《み》えるぞ
腹《はら》の中《なか》は　まっ黒《くろ》だ
どこもかしこも　みんなまっ黒《くろ》だ
いつの間《ま》にか　お前《まえ》の怠《おこた》りは

黒《くろ》い腹《はら》を　作《つく》ってしまったようじゃ
もう少《すこ》し　早《はや》く手《て》を打《う》てば
なんとか　なったのじゃが……
わ　わたし……
これから　どうなるのでしょうか
まあ　その……　腹黒《はらぐろ》い人生《じんせい》を送《おく》り
そのまま　地獄《じごく》に行《い》き　地獄《じごく》の釜《かま》で　焚《た》かれるだけじゃ

大《たい》したことはない
そ　それ　困《こま》るんですけど
ひ　非常《ひじょう》に　困《こま》ります
な　なんとか　なりませんか
へそが　茶《ちゃ》を沸《わ》かしてからでは　遅《おそ》いんじゃ
へそが　茶《ちゃ》を沸《わ》かす前《まえ》に
空《そら》がどこまでも高《たか》い内《うち》に　秋空《あきぞら》のように　高《たか》い志《こころざし》を持《も》ち

毎日毎日《まいにちまいにち》　腹《はら》の底《そこ》から　怠《おこた》りなく
小《ちい》さな事《こと》でも　あなどらず
精進《しょうじん》に励《はげ》めば　良《よ》かったのじゃ
い　今《いま》からでは　遅《おそ》いですか

さあ　わからんなあ
天高《てんたか》く　馬肥《うまこ》ゆる秋《あき》と言《い》うが　お前《まえ》はどうだ
腹黒《はらぐろ》く　へそ茶《ちゃ》を沸《わ》かす　怠《おこた》りの秋《あき》

そうじゃろう
そらそら　地獄《じごく》の拷火《ごうか》の　釜《かま》ゆでの
へその茶釜《ちゃがま》が　火《ひ》を噴《ふ》くぞ
ああ　あつい　あつい
こわや　こわや
うあああ　あついいいい
ぼくは目《め》が醒《さ》めて　ふとんから　ガバッと起《お》きた

良《よ》く見《み》ると　おへそには
ホカロンが　三《みっ》つ貼《は》ってあった
ふと枕元《まくらもと》を見《み》ると　白隠禅師《はくいんぜんじ》の　語録《ごろく》があった

十二月《じゅうにがつ》の詩《うた》　プロローグの詩《うた》

星《ほし》は讃《たた》える　北極星《ほっきょくせい》
住《す》めるサンタの　毎年《まいとし》の
長《なが》い旅路《たびじ》の　宅配業《たくはいぎょう》
子供《こども》に与《あた》える　才能《さいのう》の

目《め》には見《み》えない　プレゼント
一陽来復《いちようらいふく》　天《てん》の時《とき》
クリスマスの頃《ころ》　天空《てんくう》は
子供《こども》の恵《めぐ》みを　サンタに託《たく》す
トナカイ便《びん》に　サンタは乗《の》って
世界《せかい》を巡《めぐ》る　忙《いそが》しさ
ハゲを隠《かく》して　励《はげ》む神《かみ》

結《ゆ》うに結《ゆ》えず　解《と》くに解《と》けない
不思議《ふしぎ》な智恵《ちえ》ある　カミ様《さま》です
メリー　メリーと　言《い》うけれど
メリーの羊《ひつじ》じゃ　ありません
トナカイに乗《の》る　神様《かみさま》です
都内《となり》や市外《しがい》や　シナイ山《さん》
モーゼの髭《ひげ》に　似《に》るけれど

こっそりやるのが　サンタさん
派手《はで》にやるのが　モーゼです
いずれも　民《たみ》を導《みちび》いて
カナンをめざす　神様《かみさま》です
大阪《おおさか》に来《く》る　サンタさん
欲《よく》ばり子供《こども》の　祈《いの》りには
カナンわーと　言《い》うそうだ

どこか似《に》ている　戎様《えびすさま》
サンタも戎《えびす》も　ええ神《かみ》や
何語《なにご》を話《はな》すか　サンタさん
どんな言葉《ことば》も　自由自在《じゆうじざい》
昔使《むかしつか》った　参考書《さんこうしょ》
名前《なまえ》は似《に》るけど　違《ちが》います
心《こころ》で通《つう》じる　神《かみ》だから

言語《げんご》を越《こ》えた　言葉《ことば》を話《はな》す
年《とし》を取《と》り過《す》ぎ　入《い》れ歯《ば》のサンタ
だいぶ　前《まえ》から　ハナシです
これこれ　これは　サンタの話《はなし》
話《はな》す　まことの　ハナシです
サンタが　イレバ　この話《はなし》
まことに　まことの　ハナシです

十二月《じゅうにがつ》の詩《うた》

君《きみ》は　サンタクロースを　信《しん》じるかい
太郎《たろう》は　信《しん》じると言《い》い
次郎《じろう》は　信《しん》じないと言《い》う
太郎《たろう》は　次郎《じろう》に言《い》う

君《きみ》はなぜ　信《しん》じないんだい
だって　お父《とう》さんが
靴下《くつした》に　お菓子《かし》を入《い》れるのを　見《み》たもん
だけど　なんで　両親《りょうしん》の前《まえ》で
いつもサンタの話《はなし》を　するんだい
だって　サンタを　信《しん》じるふりしないと
お父《とう》さんが　喜《よろこ》んで　プレゼントできないでしょ

太郎《たろう》は　悲《かな》しそうな　顔《かお》で言《い》った
でも……
あの二度目《にどめ》の　優《やさ》しいお父《とう》さんを
お家《うち》に運《はこ》んでくれたのは
サンタクロース　なんだよ
ぼくは　おと年《とし》の　クリスマスイブに
皆《みんな》で　暖炉《だんろ》のそばで　バーベキューパーティーをした時《とき》

煙突《えんとつ》から　入《はい》ってきたサンタさんが
ニコニコ笑《わら》ってるのを　見《み》たよ
それで　たまたま遊《あそ》びに来《き》た　母《かあ》さんの同級生《どうきゅうせい》が
その時《とき》　初《はじ》めて　心《こころ》をときめかし
それから　二人《ふたり》の　交際《こうさい》が始《はじ》まったんだ
男《おとこ》の子《こ》が　二人《ふたり》もある母《かあ》さんを
そのまま愛《あい》して　結婚《けっこん》してくれたお父《とう》さんは

ほんとうに　素晴《すば》らしい人《ひと》だ
そうだろう
うん　うん
ほんとに　そうだ
ほんとに　そうだね
あんなに優《やさ》しい　お父《とう》さんは
おと年《とし》の　クリスマスイブに

煙突《えんとつ》から入《はい》って来《き》た　サンタさんが
ぼく達《たち》のために　くれた　最高《さいこう》のプレゼントだよ
うんうん　そうだね　そうだったのか……
でも　ぼくには　見《み》えなかったよ
ぼくには　見《み》えたよ
キラキラ輝《かがや》く　光《ひかり》の中《なか》に　北極星《ほっきょくせい》から橇《そり》に乗《の》り
つるハゲの神様《かみさま》が　やって来《き》たんだ

すると　トナカイさんが
「ああ　サンタさん　帽子《ぼうし》がないと　子供《こども》たちが驚《おどろ》きますよ」
って　言《い》ったんだ
へえー　それで　どうなったの？
すると　サンタさんは
「ああ　そうだ　そうだ　うっかりしてた
わしも　年《とし》を取《と》ると　忘《わす》れっぽくなってなあ」

と言《い》いながら　ゆっくりと　サンタの帽子《ぼうし》を被《かぶ》ったんだ
へえー　すごい
それで　サンタクロースの　正式《せいしき》な姿《すがた》になり
シュルシュルと　小《ちい》さくなって　煙突《えんとつ》に入《はい》ったんだ
ぼくは　二階《にかい》の窓《まど》から　ずっと見《み》てたんだ
へえー　すごーい
ねえ　ねえ　お兄《にい》ちゃん

どうして　お兄《にい》ちゃんには　サンタが見《み》えるのに
ぼくには　見《み》えないのかなあ
ぼくもあの時《とき》　二階《にかい》の部屋《へや》に　居《い》たのに……
ぼくだって　毎年《まいとし》クリスマスに　見《み》えるわけじゃないんだ
でも……
物心《ものごころ》ついた時《とき》から
サンタクロースを　ずっと信《しん》じてるんだ

幼稚園《ようちえん》でも　小学校《しょうがっこう》でも
サンタを信《しん》じない友達《ともだち》は　たくさんいるけど
ぼくは　ずっと信《しん》じてたんだ
だって　サンタを信《しん》じないクリスマスは
単《たん》なる　パーティーだよ
それは「聖《きよ》しこの夜《よる》」じゃないと思《おも》って……
それに……

イエス様《さま》やマリア様《さま》を　実際《じっさい》に　見《み》た子供《こども》がいたのなら
きっと　サンタクロースも　いると思《おも》って
ぼくは　ずっと　信《しん》じる努力《どりょく》をしてたんだ
そしたら……　おと年《とし》の　クリスマスイブに
初《はじ》めて　サンタクロースを見《み》たんだよ
なにかの　錯覚《さっかく》じゃなかったの？
そうかもしれない

でもそれなら
ファティマで　マリア様《さま》に出会《であ》った　三人《さんにん》の子供《こども》たちも
馬上《ばじょう》で　空《そら》から降《お》りて来《き》た　イエスに出会《であ》ったパウロも
みんな　錯覚《さっかく》になるじゃないか
ぼくは　思《おも》うんだ
世界中《せかいじゅう》の大人《おとな》が　サンタクロースを信《しん》じなくても
ファティマで　マリア様《さま》に出会《であ》った　三人《さんにん》の子供達《こどもたち》のように

世界中《せかいじゅう》の子供《こども》は　サンタさんを　信《しん》じてあげるべきだよ
じゃ　ぼくは　信《しん》じるふりだけしてたから
きっと　サンタが見《み》えなかったんだ
じゃ　ぼくは　サンタを信《しん》じてたから　見《み》えたんだね
そして　ぼくが　ずっとサンタを信《しん》じてたから
きっと　ご褒美《ほうび》で
あんな素晴《すば》らしい　お父《とう》さんを贈《おく》ってくれたんだ

じゃあ　お父《とう》さんが
靴下《くつした》に　お菓子《かし》を入《い》れるのを見《み》たぼくは
サンタクロースの　くれたお父《とう》さんが
サンタの代《か》わりに　プレゼントするのを見《み》たわけだね
その通《とお》りだよ　その通《とお》りだよ　次郎《じろう》
お兄《にい》ちゃん　ぼく……
来年《らいねん》は　サンタクロースが　見《み》えるかな

見《み》えるといいね　きっと見《み》えるよ
お兄《にい》ちゃん　今日《きょう》からぼくは　サンタを信《しん》じ　毎晩祈《まいばんいの》るよ
その前《まえ》に　お年《とし》と　お父《とう》さんという
最高《さいこう》の　贈《おく》り物《もの》を頂《いただ》いたことに
心《こころ》から　感謝《かんしゃ》しなきゃ
本当《ほんとう》に　そうだね
サンタのおじちゃん

毎年《まいとし》　プレゼントをありがとう
サンタのおじちゃん
優《やさ》しい　お父《とう》さんを与《あた》えてくれて　ありがとう
いつの日《ひ》か　兄弟《きょうだい》そろって
サンタクロースが　見《み》えますように……
ぼく達兄弟《たちきょうだい》に　妹《いもうと》がさずかりますように……
あんまり　図々《ずうずう》しいお祈《いの》りをすると

サンタさんに　嫌《きら》われるよ
それもそうだね……
メリー　クリスマス
メリー　クリスマス
その時《とき》　北極星《ほっきょくせい》は　いつもの十倍輝《じゅうばいかがや》いて
目《め》には見《み》えない　白《しろ》い光《ひかり》が　兄弟《きょうだい》の家《いえ》を照《て》らした
北極星《ほっきょくせい》から　下界《げかい》を見《み》ていた　サンタクロースは

微笑《ほほえ》みながら　言《い》った

「おい　トナカイよ　また　あの家《いえ》に行《い》こう

クリスマスイブは　忙《いそが》しいが　来年《らいねん》は

必《かなら》ず　あの兄弟《きょうだい》の家《いえ》に行《い》こう」

「トナカイの数《かず》も　年々温暖化《ねんねんおんだんか》で　減《へ》ってますが……」

「だから……　あの兄弟以外《きょうだいいがい》の　世界中《せかいじゅう》の家《いえ》は

お父《とう》さんに　任《まか》せるしかない」

「でも……　お父《とう》さんの居《い》ない家《いえ》は　どうします……」

「そりゃ……　もう……

お母《かあ》さんに　女性《じょせい》サンタになって

やってもらうしかない」

「なるほど　現代《げんだい》は　男女同権《だんじょどうけん》ですからね……」

「まあ　そういうことだ　わっはっはっ」

「でも……　両親《りょうしん》の居《い》ない子供《こども》は　どうしますか」

「そりゃ……　こうだ　父親代《ちちおやが》わり
母親代《ははおやが》わりに　なる人《ひと》は……
つまり　その子供《こども》に対《たい》して　親心《おやごころ》をもつ人《ひと》は
みんな　神様《かみさま》と　同《おな》じ心《こころ》の人《ひと》なんだ
だから　その人《ひと》はサンタクロースの　代《か》わりができる
だから　ぜひ　やってもらおう
どうだトナカイよ　賛成《さんせい》だろう」

「おっしゃる通《とお》り　大賛成《だいさんせい》です　わっはっはっ」
「わっはっは　わっはっはっ」
銀河《ぎんが》の星《ほし》は　またたいて　天《あま》の川《がわ》は流《なが》れ出《だ》す
その音《おと》は　怒涛《どとう》の　波《なみ》のように聞《き》こえる
それは　北極星《ほっきょくせい》の神様《かみさま》
サンタクロースに　拍手《はくしゅ》を送《おく》る
星《ほし》の神々様《かみがみさま》の　ブラボーの声《こえ》だった

戸渡阿見──ととあみ

小説家、劇作家、詩人、俳人、歌人、川柳家としてのペンネームを、戸渡阿見や深見東州とす。5才から17才まで、学校の勉強はあまりしなかったが、18才から読書に目覚め、1日1冊本を読み、突然文学青年になる。また、中学3年から川柳を始める。18才から俳句を始め、雑誌に投稿し始める。46才で中村汀女氏の直弟子、伊藤淳子氏に師事し、東州句会を主宰。毎月句会を行う。49才で、第一句集「かげろふ」を上梓。55才で、金子兜太氏の推薦により、現代俳句協会会員となる。57才で、第二句集「新秋」を上梓す。その他、写真句集や、俳句と水墨画のコラボレーションによる、「墨汁の詩(うた)」もある。短歌は、38才で岡野弘彦氏に師事。毎月歌会を行う。詩は、45才で、第一詩集「神との語らい」を出版。その後、詩集や詩画集を発表。54才で、井上ひさし氏の推挙により、社団法人日本ペンクラブの会員となる。56才で短篇小説集「蜥蜴(とかげ)」をリリース。第2短篇小説集「バッタに抱かれて」は、日本図書館協会選定図書となる。また、2017年に第3短篇小説集「おじいさんと熊」を発表。絵本も多数。また、56才で「明るすぎる劇団・東州」を旗揚げし、団長として原作、演出、脚本、音楽の全てを手がける。著作は、抱腹絶倒のギャグ本や、小説や詩集、俳句集、自己啓発書、人生論、経営論、文化論、宗教論など、290冊以上に及び、7カ国語に訳され出版されている。中国国立浙江大学大学院中文学部博士課程修了。文学博士(Ph.D)。中国国立浙江工商大学日本文化研究所教授。

装丁　宮坂佳枝
本文デザイン・カット　富田ゆうこ
本文写真　シャッターストック

戸渡阿見詩集　猫になれば！

2019年5月31日　初版第１刷発行

著　者　戸渡阿見
発行人　杉田百帆
発行所　株式会社たちばな出版
〒167-0053　東京都杉並区西荻南2-20-9　たちばな出版ビル
TEL　03-5941-2341
FAX　03-5941-2348
ホームページ　https://www.tachibana-inc.co.jp/
印刷・製本　株式会社　精興社

ISBN978-4-8133-2642-7　Printed in Japan　